40 TABLEAUX

PAR

ROSA VENNEMAN

CATALOGUE

DE

40 TABLEAUX

PAR

ROSA VENNEMAN

Dont la vente aura lieu

HOTEL DROUOT, SALLE N° 9

Le Samedi 28 Mai 1887, à 3 heures

Mᵉ P. CHEVALLIER, Commissaire-Priseur

10, rue de la Grange-Batelière, 10.

M. B. LASQUIN, Expert

12, rue Laffitte, 12.

Chez lesquels se trouve le présent Catalogue.

EXPOSITION PUBLIQUE

Le Vendredi 27 Mai 1887

DE 1 HEURE A 5 HEURES

CONDITIONS DE LA VENTE

Elle sera faite au comptant.

Les Acquéreurs paieront, en sus des adjudications, CINQ CENTIMES PAR FRANC applicables aux frais.

Paris. — Imp. de l'Art. E. MÉNARD et J. AUGRY
41, rue de la Victoire, 41

« Une des qualités de la peinture de
Mlle Rosa Venneman, ce sont ses défauts »,
me disait dernièrement un artiste, quelque
peu paradoxal, comme vous voyez. Or,
les paradoxes de la veille étant les vé-
rités du lendemain, le mot doit être vrai
aujourd'hui.

Les « défauts », ce qu'un lauréat du
prix de Rome appellerait ainsi, ce n'est
pas l'incorrection du dessin, on n'adres-
sera jamais un tel reproche à Mlle Venneman — c'est cette liberté, cette franchise
d'accent, cette indépendance parfaite, ce
souverain mépris des conventions, des
traditions et des formules, que la vail-
lante artiste a conquises par le travail
acharné et par l'étude de la seule et
impeccable nature.

A côté des maîtres animaliers, Mlle Rosa
Venneman s'est fait une place « au soleil »,

mais quelle énergie il lui a fallu pour arriver à ce résultat ! Elle vient de réunir un certain nombre de toiles très diverses, mais fort consciencieusement traitées, — et l'on s'explique maintenant pourquoi on ne voyait plus ses œuvres au Salon depuis deux ou trois ans. La jeune artiste s'était retirée aux champs, dans les plaines vastes et silencieuses où s'épandent les paisibles troupeaux. Elle était toute à ses modèles. Elle « avait séance ».

L'artiste nous est revenue. Elle reparaît à la fois : au Salon, où elle a envoyé deux tableaux importants, et à l'Hôtel Drouot, où elle exposera, le 27 mai, quarante toiles nouvelles.

Nous n'ajouterons pas un mot. Ses œuvres sont visibles, et les vrais amateurs nous seront reconnaissants de les leur avoir signalées.

FIRMIN JAVEL.

OEUVRES

DE

ROSA VENNEMAN

---

1 — *Pâturage au bord de la mer.*

Toile. Haut., 1 m. 30 cent.; larg., 96 cent.

2 — *Bestiaux sur les falaises du Tré-port.*

Toile. Haut., 65 cent.; larg., 1 m. 30 cent.

3 — *Nature morte et légumes.*

Toile. Haut., 1 mètre; larg., 1 m. 30 cent.

4 — *Retour des pêcheurs; Arromanches.*

Toile. Haut., 82 cent.; larg., 1 m. 30 cent.

5 — *Chrysanthèmes dans un vase.*

Bois. Haut., 47 cent.; larg., 37 cent.

6 — *Bestiaux dans un verger.*

Bois. Haut., 30 cent.; larg., 70 cent.

7 — *Vaches au bord de la mer.*

Bois. Haut., 30 cent.; larg., 70 cent.

8 — *Le Moulin d'Arromanches.*

Toile. Haut., 90 cent.; larg., 65 cent.

9 — *L'Abreuvoir d'Arromanches.*

Toile. Haut., 90 cent.; larg., 65 cent.

10 — *Chemin du moulin d'Arromanches.*

Toile. Haut., 1 m. 15 cent.; larg., 80 cent.

11 — *Fleurs diverses dans un vase.*

Bois. Haut., 60 cent.; larg., 30 cent.

12 — *Allant aux crabes; Arromanches.*

Toile. Haut., 65 cent.; larg., 90 cent.

**13 — *Vache au bord d'un cours d'eau;
sous bois.***

Bois. Haut., 35 cent.; larg., 25 cent.

14 — *Vache passant un gué.*

Bois. Haut., 35 cent.; larg., 25 cent.

15 — *Vache broutant.*

Bois. Haut. 40 cent.; larg., 30 cent.

16 — *Le Passage du gué.*

Bois. Haut., 55 cent.; larg., 45 cent.

17 — *Vache sous bois ; effet d'automne.*

Toile. Haut., 55 cent.; larg., 45 cent.

18 — *Deux Vaches à l'étable.*

Bois. Haut., 25 cent., larg., 30 cent.

19 — *L'Hiver.*

Bois. Haut., 14 cent.; larg., 20 cent.

20 — *Vache dans un pré, au Tréport.*

Bois. Haut., 20 cent.; larg., 35 cent.

21 — *Vache couchée; paysage du Tréport.*

Bois. Haut., 20 cent.; larg., 35 cent.

22 — *Plaine du Tréport.*

Bois. Haut., 20 cent.; larg., 35 cent.

23 — *Rose posée sur un livre.*

Bois. Haut., 18 cent.; larg., 23 cent.

24 — *Vache dans une prairie; temps orageux.*

Toile. Haut., 45 cent.; larg., 55 cent.

25 — *Étude de vache couchée.*

Toile. Haut., 30 cent.; larg., 45 cent.

26 — *Veaux dans une prairie du Tré-port.*

Toile. Haut., 80 cent.; larg., 60 cent.

27 — *Hottée de giroflées et de narcisses.*

Toile. Haut., 60 cent.; larg., 45 cent.

28 — *Vache dans un marais, le matin.*

Toile. Haut., 41 cent.; larg., 70 cent.

29 — *L'Hiver en Belgique; crépuscule.*

Toile. Haut., 1 m. 30 cent.; larg., 95 cent.

30 — *Vache sous bois; temps sombre.*

Bois. Haut., 53 cent.; larg., 53 cent.

31 — *La Chaumière.*

Bois. Haut., 53 cent.; larg., 53 cent.

32 — *Chemin dans les blés.*

Bois. Haut., 53 cent ; larg., 53 cent.

33 — *Vache au bord d'un cours d'eau; sous bois.*

Bois. Haut., 21 cent.; larg., 25 cent.

34 — *Vache sous bois.*

Bois. Haut., 21 cent.; larg., 15 cent,

35 — *L'Approche de l'orage au bord de la mer.*

Bois. Haut., 45 cent.; larg., 55 cent.

36 — *Le Soir.*

Bois. Haut., 35 cent.; larg., 45 cent.

37 — *Vache au bord d'une rivière.*

Bois. Haut., 38 cent.; larg., 28 cent.

38 — *Sur la falaise, au Tréport.*

Bois. Haut., 22 cent.; larg., 18 cent.

39 — *Ane et vache dans un pré.*

Bois. Haut., 45 cent.; larg., 55 cent.

40 — *Deux Vaches couchées.*

Bois. Haut., 32 cent.; larg., 25 cent.

EXPOSITION

DE

Tableaux-Etudes

PAR

ROSA VENNEMAN

Du Mardi 1er Juin au Samedi 12 Juin 1886

De 10 heures a 6 heures

FÊTES ET DIMANCHES EXCEPTÉS

5, Rue de la Paix

GALERIE DES ARTISTES MODERNES

CARTE D'ENTRÉE

VALABLE POUR LA DURÉE DE L'EXPOSITION

Pas de catalogue.

Environ 60 tableaux et études. (animaux, natures mortes, fleurs), (un seul daté (1899), panneau en hauteur).

quelques paysages.

———

www.ingramcontent.com/pod-product-compliance
Lightning Source LLC
LaVergne TN
LVHW011509170726
843501LV00009B/3693